THE URBANA FREE LIBRARY

W9-BCD-375

DATE DUE		
OCT 2 9 2008	OCT 2007	
JUL 0 8 2009	OCT 1 0 2008	
APR 2 2 2010	MAR 0 4 2010	
OCT 0 9 2010	MAY 2 4 2011	
APR 1 1 2011		
	APR 0 6 2012	
AUG 1 7 2012	JUL 1 9 2012	
	JUN 0 2 2013	

DISCARDED BY THE
The Urbana Free Library
URBANA FREE LIBRARY

To renew materials call
217-367-4057

The Rotary Club of Urbana
is pleased to donate this book in honor of
Urbana Rotarian

Steve Shoemaker

July 24, 2007

Nochecita

Yuyi Morales

A NEAL PORTER BOOK
ROARING BROOK PRESS
NEW MILFORD, CONNECTICUT

The Urbana Free Library

To renew materials call
217-367-4057

Al final del largo día, Madre Cielo llena la tina con estrellas
fugaces y llama, "¡Hora de bañar a Nochecita!"
  Nochecita contesta desde lo lejos, "No puedo venir.
Estoy escondida y tienes que encontrarme, Mami.
¡Encuéntrame!"

"Hummm", Madre Cielo busca dentro de la cueva del conejo. Pone su mejilla en la arena obscura. Cuando mira detrás de los montes ¿a quién ve?

"Te encontré, encontré a mi Nochecita."

Lavado de cara, espuma de jabón, y la toalla extendida para atrapar a Nochecita.

Al ponerse el sol, bien rojo, Madre
Cielo desdobla un vestido de nubes
tejido a mano y llama, "¡Hora de
vestir a Nochecita!"

Nochecita brinca de su silla,
"Todavía no, no ahorita, no hasta
que me encuentres, Mamita. ¡Y tápate
los ojos!"

"¿Donde podrás estar?"

Madre Cielo ronda entre las sombras de los árboles. Busca en las franjas de las abejas. Cuando se asoma dentro de la cueva de los murciélagos ¿a quién ve?

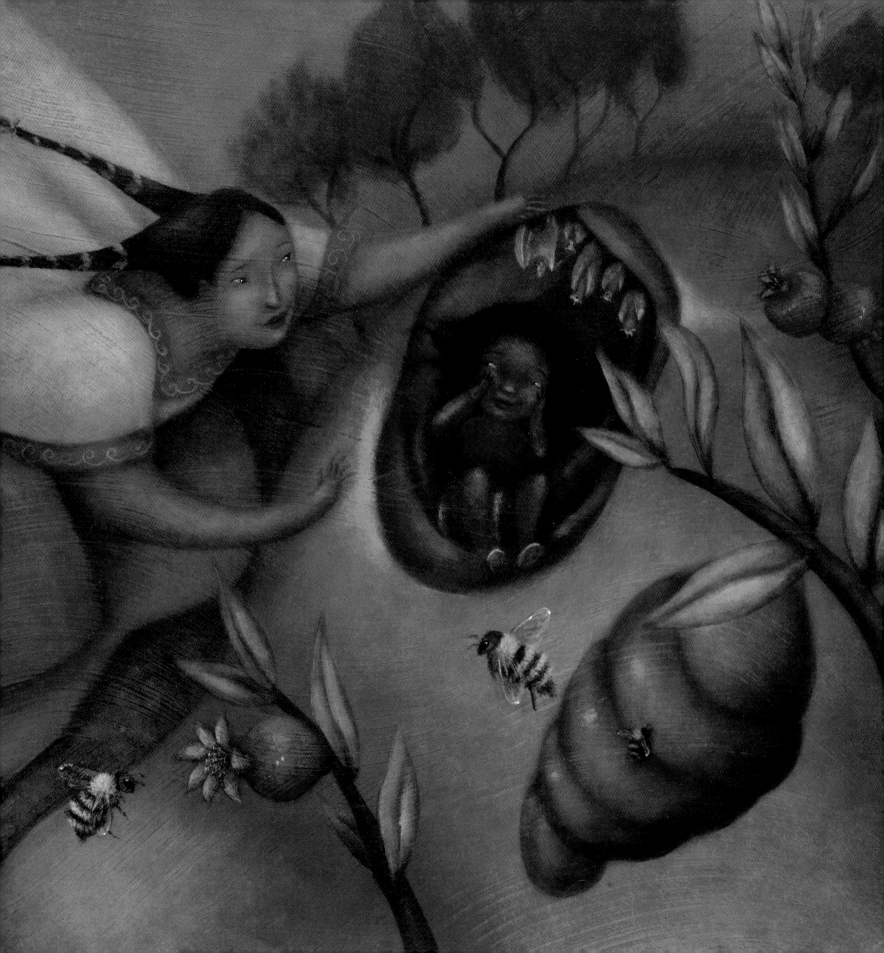

"Te encontré, encontré a mi Nochecita".

Dos brazos adentro, una cabeza afuera, y el vestido de nubes tejido a mano queda abrochado.

Al desvanecerse el calor del día, Madre Cielo
llena un vaso con leche y sirve tortitas en un
plato. Ella llama, "¡Hora de comer, Nochecita!"

Nochecita corre de la mesa, "Cuenta primero,
Mami, del uno al diez. ¡Te va a ser difícil
encontrarme esta vez!"

Madre Cielo cuenta, "Uno, dos, tres…
"A ver", Madre Cielo mira dentro del
granero cerrado. Acaricia los polluelos
del cuervo. Cuando desliza su mano sobre
los campos de arándano ¿a quién ve?

"Te encontré, encontré a mi nochecita".
Bigotes cremosos, lamida de labios, estrellas sabrosas se escurren de la Vía Láctea para beber.

Al salir los cocuyos y las mariposas nocturnas, Madre Cielo se sienta en su silla meneando su peine. Llama "¡Hora de peinar a Nochecita!"

¿Pero qué es lo que escucha? Sólo el murmullo del viento perfumado.

Madre Cielo mira a su alrededor, pero Nochecita
no está asomada detrás de los montes, o escondida
dentro las cuevas, u oculta entre los campos.
"¿Dónde podrá estar mi Nochecita?"

"¡Buu, Mami!
¡Aquí estoy!"

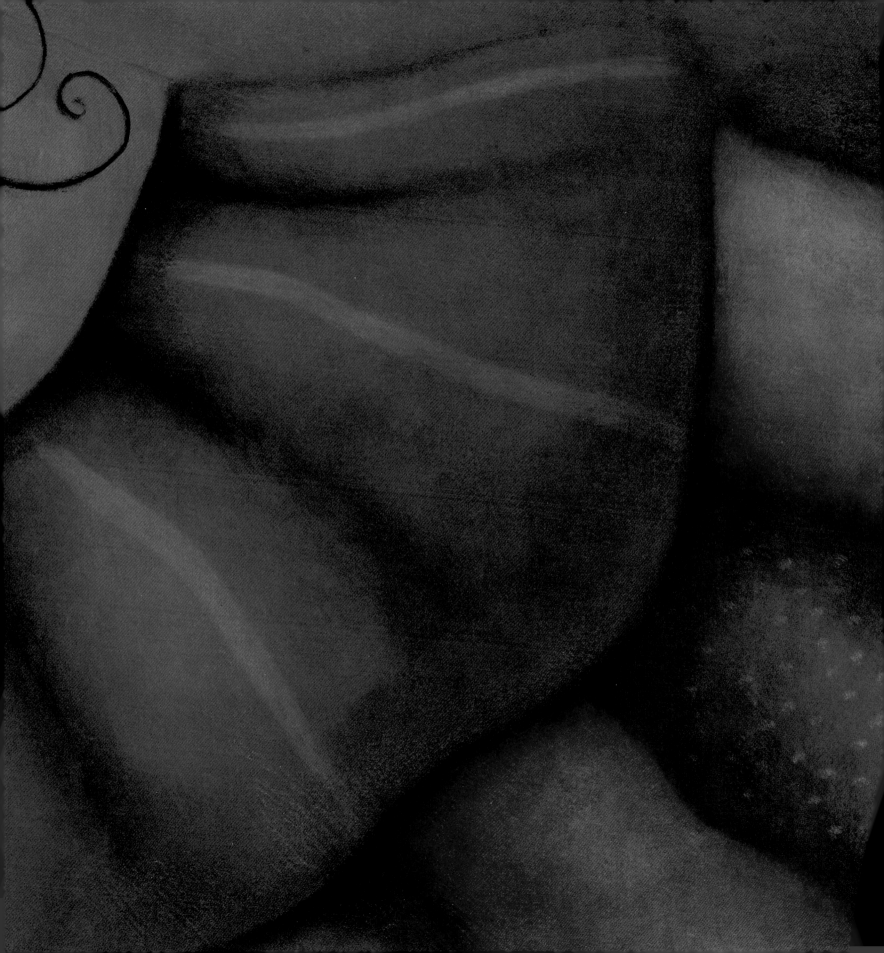

Madre Cielo acomoda a Nochecita
en su regazo y con su peine luminoso
le desenreda las marañas del pelo, le
da vuelta al cabello entre sus dedos,
y le enrosca chongitos, uno en el lado
izquierdo, otro en el derecho.

Para sostenerlos en su
lugar, saca tres pasadores de
su bolsillo.

"Venus en el este, Mercurio
en el oeste, y Júpiter arriba".

"Ahora, mi Nochecita, toma
tu pelota luna y sal a jugar".
"Ya puedo atraparla, Mami.
¡Mira que alto rebota la pelota
en el aire!"

En la ciudad florida hay una mamá eterna, generosa y magna como el cielo.
Ella es mi madre, Eloina. Este libro es para ella.

Mientras hacia este libro conocí a dos madres valientes que, como muchas mujeres mexicanas, están luchando contra el cáncer
y la pobreza para seguir viviendo. Ellas tienen hijos pequeños a quienes amar y cuidar para que sigan creciando, y trabajan
cada día con ahínco para seguir a su lado. Señora Badillo y Asuncion, gracias por la inspiración.

Copyright © 2007 by Yuyi Morales

A Neal Porter Book

Published by Roaring Brook Press

Roaring Brook Press is a division of Holtzbrinck Publishing Holdings Limited Partnership

143 West Street, New Milford, Connecticut 06776

All rights reserved

Distributed in Canada by H. B. Fenn and Company Ltd.

Library of Congress Cataloging-in-Publication Data:

Morales, Yuyi.

[Little Night. Spanish]

Nochecita / written and illustrated by Yuyi Morales. — 1st ed.

p. cm.

"A Neal Porter Book."

Summary: At the end of a long day, Mother Sky helps her playful daughter, Little Night, to get ready for bed.

ISBN-13: 978-1-59643-232-1

ISBN-10: 1-59643-232-2

[1. Bedtime—Fiction.   2. Mothers and daughters—Fiction.   3. Night—Fiction.   4. Sky—Fiction.   5. Spanish language materials.]

I. Title.

PZ73.M7155 2007

[E]—dc22

2006024386

Roaring Brook Press books are available for special promotions and premiums.

For details contact: Director of Special Markets, Holtzbrinck Publishers.

First edition April 2007

Book design by Jennifer Browne

Printed in China

2 4 6 8 10 9 7 5 3 1